U0067926

人生感言

許思庭、剛田武、鄭湯尼 合著

天空數位圖書出版

目　錄

01. 法律與正義的人性考驗

作者：許思庭

　　從小接受父母、長輩及老師的教導都是叫我們遵守法律，要做一個正義的人。電視上的政府宣傳片很多時都叫市民奉公守法，間接地亦是表達甚麼行為是違法、是罪行，還有最重要的是「刑罰」，才可以讓人不敢去觸犯法例。刑罰就等同於犯罪的成本。

　　久而久之從小時候灌輸一種思想就是法律是保障市民的安全、利益及財產。法庭就是代表了審判及宣告公正與正義的地方。

　　每次經過終審法院大樓正面外牆頂端聳立的雕像正義女神 Lady Justice——泰美斯 Themis 的雕像。她左手持劍，右手握天秤，分別代表權力和公正。法律面前人人平等，所以來自希臘神話的泰美斯也會蒙住雙眼，象徵不會因為涉案者的身分或地位而另眼相看，必定作出不偏不倚的公正裁決。

　　看到很多法庭新聞律師在法庭上雄辯滔滔，最後看到法官判詞，有節有理地向被法庭裁定罪成的犯人告誡一番，相信不少法律系的學生及律師曾經有過的想法。

　　曾經有一個年輕人在平民屋村長大，眼見街坊就是因為家境問題請不起律師而失去了很多……有的失去了家庭，有的失去了前途，有的甚至是失去了做人的動力。當時候的他立志要當一個律師，誓要為這些貧苦大眾爭取在法律上應有的權利。

　　要入讀法律系對很多人來說是很困難的事，但假如你視之為自己的興趣及人生目標呢？那就不同了。為了進一步對法律有所認識，

了解法例之餘更加會去看看一些退休法官的著作，例如過去於宣判後的判決書等等。

對於罪有應得的犯人，看這些案件的判決書當然是覺得大快人心，可是卻有一些案件，令這個年輕人思潮起伏，內心有一絲矛盾出現，而且內心出現了一些問號。

直至到有一次他認識的人捲入一件刑事案件之中。他的朋友 A 君受到一個人的惡意襲擊，即時馬上報警，警察到場調查後，在場有目擊證人，A 君亦依正常程序到醫院驗傷。

雖然傷勢很輕微，但公然被惡意襲擊，施擊者態度亦極之惡劣。他與 A 君了解後，有數名目擊者被邀請到警署落口供。本以為施襲者將會接受法律制裁，得到應得的懲處。很可惜大約一個月後收到警方的來信說證據不足，案件亦同時被完結。他與 A 君亦難以置信為什麼會說「證據不足」？最基本不是有現場的目擊證人嗎？

事後經過明查暗訪終於知道真相。原來所謂的目擊證人，有的害怕施襲者日後會報復，有的不想影響自己的工作，有的希望日後從施襲者身上得到合作關係，因此他們給了自己最好的藉口就是「息事寧人」，選擇錄口供時改變了事實。警方也會因為這些人的口供而認為沒有「犯案動機」而停止調查。

他感到很震驚，法律何以保障不了一個被襲擊受傷的人？到底每一天有多少這種事情的發生？連到法庭審理的也沒有就被消聲匿跡？

法律是用來保障市民，也同時被利用來保護了一些心術不正的壞人。

他後來明白了一個道理問題其實不在於法律，是在於「人」。

一把刀可以用來救人，亦可以用來殺人，一切視乎持刀的是甚麼人而已。

02. 棋道・領悟

作者：許思庭

　　電腦的人工智能科技發展一日千里，Google 旗下的公司經過多年努力，成功創造出不單止有思考及判斷能力的人工智能電腦 Deep Mind，更加具備自我學習能力。就好像教導學生一樣，不斷地練習，反覆思考問題，路上遇到碰壁，在作出自我檢討後，久而久之就會有進步及有所成就。聽起來好像武俠小說一樣，由一個普通人，如何變成絕世高手，甚至是大英雄，這個歷程就是這類小說引人入勝的地方。

　　Deep Mind 的出現選擇了挑戰人類的圍棋界，面世初期只須要它自行反覆去練習，不用休息，不會有情緒困擾及波動，加上運算速度比人的大腦快太多倍，不消數個月日以繼夜、夜以繼日的操練，不休不眠的自我對奕之後，已經達至圍棋界一流高手的境界，但要更上一層樓就要真真正正透過「實戰」增加經驗，再反覆從經驗中反省及改良自己的「棋藝」，之後更擺下擂台以難以抗拒的巨額獎金作為勝出者的獎勵，邀請到好幾個來自不同國家的世界頂級圍棋大師進行人與電腦的對賽。圍棋是電腦久攻不下的的領域，然而一個接一個頂尖的棋士敗在 Deep Mind 超出了固有想法的棋藝，一場過後又比之前更難以應付，因為得到更多的數據，從比賽中的經驗再去改善，務求精益求精。它好像似一個傳說，在圍棋界如流星般劃過，可是卻沒有好像一個傳奇的棋士一樣被世人廣為傳頌。

　　圍棋是以雙方棋子占具較多棋盤的一方為之勝利，隨著你在棋盤上的歷練與經驗，只要肯下苦功棋藝進步是必然的，但每個人的性

格、心態、思考方法、戰術及心理狀態有所不同，所以每個人都會隨著年年月月的過去或不同的心境而改變自己的棋路風格。

小時候經驗不足夠，棋藝上略有小成，很容易就會胸有成竹地認為自己布局精妙，令對手已經不知不覺間走入圈套而沾沾自喜，可是當你以為勝券在握的時候，縱觀全局才知道自己已經被重重包圍。其實下棋如做人一樣，明白如何去宏觀局勢，才不會讓自己身陷困境。

年少氣盛的時候往往一去無還似的，見到對手出現破綻就採取猛烈攻勢，務求一口氣擊潰對方陣地，繼而擴展自己的領土。可惜有時候這個破綻其實是誘敵之計，將你牽制在某一點上，實際已在棋盤其他地方佈下天羅地網。衝動過後慢慢就會學懂心平氣和，冷靜處理，漸漸就能學會四平八穩，攻守兼備，進退得宜。

圍棋之中有一種叫做「死活棋」，看似重重圍困無生路可走，越想掙扎求存，越會死得難看，但其實是仍有活路可逃，如果能夠冷靜分析，思考好後續的發展，死也可以變活起來。

人生很多時跟一盤死活棋很相似，在覺得苦無出路的時候，往往就會想放棄，為自己設限，眼見的第一個印象就馬上下定論。絕處逢生的道理很多人都聽過，在圍棋的棋盤上就可以為自己培養出這種信心。

有人喜歡鋒芒畢露，每一次對戰都想令對手透不過氣來，在面對你的棋子時要退避三分似的，但往往就在這種情況下使自己變得洋

洋得意，意外就是從這種得意忘形的情況下發生。能夠做到藏鋒於鈍，養辯於訥，才可以讓對手難以捉摸，變化萬千。

每一個棋士，每一個曾經專注學過圍棋之人，就如一個小孩子，從棋盤上悟出人生應有的道理。棋盤就是自己的宇宙、自己的人生。

縱使 Deep Mind 能夠以一個無敵的姿態存在於圍棋界，但它永遠及不上每個棋士的棋藝旅程精彩及有個性。

03. 一切有為法，如夢幻泡影

作者：許思庭

　　有一家我很喜歡的中式食店，裝潢簡單平凡，味道很有家的感覺。店內裱起了一張很大的書法字畫，內容是：「一切有為法，如夢幻泡影，如露亦如電，應作如是觀。」

　　常常在店內看著這幅書法作品，內心隨意誦諗無數次。這句話是來自佛教《金鋼經》中非常有名的四句偈。《金鋼經》的全部經文約五千多字，這二十個字是整部經帶出的一個相當重要的義理，然而《金鋼經》緣起就是一切的煩惱和痛苦皆由心生。「解空第一」的佛家大弟子須菩提尊者向佛祖請教問題，如何調整與掌控這顆心呢？

　　「煩惱」與「痛苦」這個兩個問題，直到現在都會出現在每個人面前。就算在小朋友的時候，肚子餓了會哭、得不到想要的玩具會哭、得不到父母的疼愛會哭；慢慢地長大到了青少年的階段，會遇到學業成績問題、感情問題、友情問題、春青期樣子起變化的問題，要面對的「煩惱」也是一大堆。到了真正長大成人，面對的「煩惱」與「痛苦」就更多、更複雜，如權力、金錢、家庭、人際及前途問題等等。

　　有時候人走過了不知多少個春秋，就會忽然有感可不可以回到從前孩童時代，一切可以變得「比較」簡單。

　　再總結《金鋼經》中這二十個字，其實就是告知人們如何「放下」的方法。

「一切有為法，如夢幻泡影」，當你曾經擁有一切的時候，會感覺到很快樂的人和事，你不想失去，更不想放手，一但失去了便會感到萬分痛苦。

人生無常，追逐著永恆，也許就是「痛」與「苦」的其中一個根源。

從佛家的處世哲學來看，人生的一切所看到的「現象」就如做夢一樣，總是會有醒過來的時候。我們所看到的一切其實是虛幻，因為總有一天會消逝，有花開，就會有花落，每一刻也在變化之中。也好像水中的氣泡一樣，總有一天會破掉，嘗試用手去觸碰嗎？更加是捉不緊，抓不住。如影子一樣不是「實相」，而是一件物件的投射而已。

「如露亦如電，應作如是觀。」人生所遇到的經歷，有如露水般，晨初凝聚成水珠，太陽出來了，不到中午就被烈日蒸發掉；有時候好像閃電一樣，漆黑而平靜的夜空中，剎那間劃過一道閃電，為你帶來恐懼，但眨眼之間便消失了，一切回歸平靜。

世間一切事物皆是有生有滅、是無常、心念也是如此，有生亦有滅、無常，不管成敗得失，如是過去就皆盡已過去。一切是虛幻，如能夠懂得放下，就可以讓心變得安寧。

應作如是觀，所指的「觀」，可以理解為「觀想」的意思。透過「夢、幻、泡、影、露、電」這六種的比喻，用心去做「觀想」，再

以「一切有為法」，你就能「看破」與「放下」。能夠在現實生活中體現得到的話，你就不會處處與人計較，減少很多自生煩惱的問題。

　　人們常常說的「平常心」知易行難，明白了這個道理，就能夠明白凡事不要執著，凡事只要盡力，盡力過後，成敗得失就能夠不往心上。

04. 時間不是治療的良藥

作者：許思庭

　　「時間會沖淡一切」，當你感到傷心、痛心、難過、痛苦、悲憤或絕望的時候，有人曾經對你這樣說過嗎？或者你曾經有對別人這樣說過嗎？又或者你聽過這句話嗎？

　　時間真的有這個功能嗎？年輕的時候，其實我曾經也相信過「時間會沖淡一切」，人生旅途中經過年年月月，高低起伏的命運也好，情緒也罷，對「時間」的定義漸漸就會有不同的體會和領悟。時間會沖淡一些於人生沒有留下甚麼痕跡的記憶及感覺，但不代表是可以沖淡「一切」。

　　如果你說，不是！「時間會沖淡一切」，那麼我會替你感到高興。這樣證明了在你的人生旅途中未曾遇到一些事情，就算日子久了，春去秋來，花開花落，內心的傷疤仍然未散去，縱使沒有觸碰，但是仍會隱隱作痛。你可能會說，感覺到還在「痛」即是代表需要更長的時間去撫平傷痛，這個是可能之一。

　　是因為時間不夠長嗎？有沒有想過，時間更長會帶來是另一種傷痛？

　　時間就如流水般洗刷你的記憶和生命中的痕跡。一段往事總會存在一些沙石，旁邊的枝節會令你看不清，看不真。讓時間把這些都沖刷掉，每每是不知不覺間讓這些埋藏在心底的傷痕靜靜地起了變化。

　　每天都很多事情要處理，在資訊爆炸的年代，大量的訊息透過網絡來到我們的面前。人總是會貪新忘舊，但舊記憶總是無意中會被觸碰，忘不了，又或許是捨不得放手，又可能是劃下的痕跡太深。

　　當你經過漫長的光景，有些事情無意間在你心中翻起漣漪，一圈圈地觸動了你的心靈，泛起了的思潮憶起一些原以為早忘掉的片段，你才發現原來時間不能沖淡過去，反而是讓你看得更清楚，好像釀酒一樣，香檳要在不見天日的酒窖裡經過了無數天，每天反反覆覆把酒瓶扭轉半圈，再經過沉澱，到最後才會變得金黃通透。

　　時間沖刷過記憶之後，重新去面對傷痛，試問能夠釋懷的到底又有多少人呢？年月過去，來到這一刻眼淚或許已經流乾。

　　所以時間並不是醫治傷痛的良藥，當你發現漫長的時間過後仍然覺得很痛，仍然後悔當初，或許是你很懊惱浪費了好好去「治療」的這段光景。我還有錯過了甚麼嗎？我會否錯過了補償或是挽救的可能嗎？

　　千百萬個念頭一拼跟著記憶纏繞著你的心靈，那種痛楚好像無邊無際的。

　　緊記要堅強、要快樂地過日子。有那些傷痛不可以再浮現，你的心靈深處會有答案的。不要去想，不要去記，生命還有千百種的可能，把握在手的就是你有創造未來的可能，不要再被痛苦的舊記憶所占據。

時間沖淡不了，就用時間去淹蓋這一切。

快樂還是失落，一切就在你的手裡。命運不能選擇，但你可以去走自己的命運之路。

05. 看破紅塵

作者：許思庭

　　甚麼是「紅塵」？佛教與道教等就是稱人世為「紅塵」。在古代時的原意是指繁華的都市，自東漢文學家、史學家班固《西都賦》的詩句當中所指的紅塵就是這個世間，紛紛攘攘的世俗生活。

　　「紅」就像代表人世間種種誘惑，刺激起生命裡所想要的追求與慾望，所以紅色即是世間的意思。

　　這個「塵」其實是來自過去的土路馬車過後揚起的塵土，土路又會借喻為名利之路。此外，中國四大名著之一《紅樓夢》第一回，在釋題中說：「原來是無才補天、幻形人世，被那茫茫大士渺渺真人攜入紅塵、引登彼岸的一塊頑石。」所指的是那塊石頭，無才補天，便被「大士」、「真人」帶到人世間來了，所以《紅樓夢》又名《石頭記》。

　　人生無常，千帆過盡，悲歡離合，恩恩怨怨，名利追逐，有些對人生百態看通看透，會開始對身邊一切的人與事看得很淡，不想在紅塵裡跌碰和糾纏不清。假如看破產生煩惱的，帶來的快樂是不真實，或者能夠從另一個方面讓自己有幸福感、快樂感去走人生的道路。

　　有些人會叫這種態度是「看破紅塵」，當中所指「破」的含義千華萬象，各人對塵世的執著及人生的渴求不同。苦與樂，生死哀樂，迷與悟之間不停的迴圈。能夠看破，簡單來說，就是能夠對世間一切，不再留戀。

很多時大家都將「看破紅塵」四個字聯想到佛教，是不是要出家成為和尚？

很多人常說，為什麼我在世上只覺得苦？從佛家的角度來看，紅塵有愛嗎？是有的，很多時候一但得到便不肯放手，內心終日患得患失，糾結無終，所以很苦。

每個人剛出生時「心」都是一樣的，我們都是至純、至美、至善、至真，當睜開雙眼慢慢被塵世的假相迷住了本性，讓心蒙上了灰塵。

在我們走進紅塵時，我們心裡都種了一顆菩提種子，我們要照顧它生根發芽，等到枝繁葉茂花開果結時，會有一條綠樹成蔭的路帶我們回家。

聽起來好像很簡單立地便可以成佛。從佛家角度，可能是更簡單，其實佛就是你，你就是佛，佛是你放不下的你自己，只不過被心所累，忘了自己是誰，正所謂「一念天堂，一念地獄。」

人生就是一場修行，修的就是這顆心，心清淨了，周圍無一不是菩薩。一念苦，一念樂，一念得，一念失，慾望太多令人心亂如麻，就是我們煩惱痛苦的根源。

一念放下，就能萬般自在，不被情緒主宰你。知足、寬厚、仁愛、快樂則可以無憂。

最終能否看「破」？就視乎因緣，修行不是為了遇見自己，這世間經過一段又一段的故事，憂傷於心底，相忘於煙水裡。生命本來就是一種承載，更是一種惜緣，世間事物，唯有感恩。

佛家有一句名言：「菩提本無樹，明鏡亦非台，本來無一物，何處惹塵埃。」

今天你能夠看到這一篇文章，也是一種緣分，有甚麼感受及領悟也是因緣。

06. 啟蒙・天才《一》

作者：許思庭

曾經有八年時間參與幼兒及兒童教育的管理及行政上的工作。很多人家長都明白一個道理，幼兒階段就是一張白紙，充滿了無限的可能性，但我所遇到超過八成以上的家長都有一個共同的問題，就是希望盡快填滿這張白紙，或者打另一個比喻，把小孩子的腦袋當作電腦用來儲存資料的硬盤一樣，要輸入大量的資料。

孩子剛剛開始會講話就已經要上課學看圖認英文單字、學數字，甚至是要懂得計算。我見過最誇張的可算是一個五歲的小孩能夠背誦化學元素週期表，總之家長的心態是要子女的智識及能力比同年齡的小孩超前，超前越多越好。如果身邊有孩子同樣地去超前，家長也不甘示落，又再推自己的孩子去上更多「校外課程」來增加子女的「資料庫」。

眼見很多天真爛漫的孩子是為了完成父母的慾望而無止境的追逐，有的是為了可以考取多張證書、獎狀和獎盃，有的是為了要證明兒女是天才兒童，不過這一切最終都是為了升學入讀名校，日後可以做一個專業人士。

說到要為子女入讀名校，現今香港社會家長的心態可謂嚴重扭曲。子女從會爬行起已經要開始去上課，第一是為了學習要比別人快，這就是所謂「贏在起跑線」，另外是為了教育機構所「頒發」的學期證書作為學校報名之用。為了應付入學面試，所以「面試班」就應運而生。

　　面試以外更要為子女準備一份個人履歷作品集，不超過十頁圖文並茂的內容。每一頁都是用大量金錢及時間而砌成。內容大多離不開小朋友參加過的校外課程，當然是越多越好。此外課外活動方面，游泳、打羽毛球嗎？不是不可以，但太普通會難以令校方眼前一亮，所以高爾夫球、冰上曲棍球、騎馬、色士風或豎琴這些才「比較」亮眼。家庭生活也是這作品集的「重點」，所謂讀萬卷書不如行萬里路，可以讓校方看到孩子「眼界」有多廣闊，曾經去過日本、新加坡及澳洲等等，好像已經是指定國家似的，這個當然是越多越好。

　　最後更衍生出幫家長制作「作品集」的教育產業出來。有很多家長本來不太接受這種兒童學業競爭化的遊戲，好可惜的是假如你不參與這個「遊戲」，最後只會令子女在這個扭曲的社會中顯得格格不入，無奈地要參與這場「遊戲」。

　　過去的年代多數父母都是「望子成龍」，然而今天流行的是叫作「資優兒童」，希望開啟子女的「潛能」，再通過國際認可的測驗而被評定為資優兒童，即是智商比一般人高。

　　有的就算沒有達到資優兒童的程度，一些標榜「資優教育」的機構就正貼合家長對子女可以接受與資優兒童一樣的教育訓練，至少不會被拋離。

　　不過好多人沒考慮到如果資優兒童得不到正確的「啟蒙」與「引導」該怎麼辦。或許是因為家長的喜，最後造成孩子的悲劇而已。

07. 啟蒙・天才《二》

作者：許思庭

　　絕大部份的家長都希望自己的孩子是「資優兒童」,原因有很多,即是天資聰穎不用廢盡心思「後天培育」已經是天生的人才,父母也來得輕鬆不用擔心,又或者憑著過人的天資,學習及日後在社會的成就都可以快人一步理想達到。

　　如果家長傾向對於資優兒童的優勢是最終「快」及「捷徑」的話,其實對孩子來說只會是有害而無益。

　　對於資優兒童及資優生來說不是將智識灌進他的腦袋,從而考到好成績,繼而成為專業人士,名利雙收,使得人生一帆風順。如果人生可以這麼簡單就好了,上天的安排是很微妙,有得必有失,有失亦有得。

　　假如你可以在某一方面「快」及有「捷徑」可用,上天必然會要你在某一處填補回來。

　　學習速度能夠比別人快的話,就會很容易出現集中力不足的問題。上課的時候就會覺得老師教學速度很慢,好像在拖延時間一樣,因此學習的節奏跟大家不同步就會出現不合群,有些更會做出一些無謂的事情來引起大家的注意,有些嚴重的話,甚至會討厭上課,再聰明,成績可能會越來越差。

　　對於資優兒童沒有好好培育的話,智商指數再高,發揮不出來其實又有何用?「聰明反被聰明誤」這句說話很多人都聽過,但當局者迷,處身局中的也看不清楚前路。

其實正確的資優教育並非要將孩子成績推到第一名，這樣只是代表他對整份試題所追求的並非知識，只是第一名而已，所以要啟蒙孩子對知識的追求，如何管理情緒及學習人際溝通的技巧等等，才能令孩子好好發揮自己的天賦才能。

以上這幾方面可能大家覺得不只是資優兒童，一般孩子也需要這些教育。你說得對，問題是資優兒童這幾方面要比一般孩子花更多力氣及時間才有成果。一分耕耘，一分收穫，成功是沒有捷徑的。

香港回歸前的資優教育就是把一班資優兒童聚在一起，最主要的課題是要他們學習人與人的相處，建立友誼及同理心等等，反而學術方面是少之又少。其實道理很簡單，只要孩子找到自己的方向就會向著目標前進，最重要是長輩引導他們走上正確的路向。

曾經有一個朋友，小時候他已經被證實是一個資優兒童，成績非常好，全級三甲之內，但是性格及脾氣古怪，情緒反覆，所以朋友不多，有時候更會惹人反感。一直這樣讀到大學，因為家人的壓力及一些他不願意說的原因，他雖然考進了被譽為天之驕子的學科「醫學系」，以他的成績當然不是問題，他的父母認為他的學業及將來是光宗耀祖，但我知道他並不快樂。

大學畢業後他成為了醫生，但他依然過得不快樂，後來在醫院工作因為不合群，欠團隊精神的合作性，所以表現平平，應該說很差才對。

　　從小被稱讚的天才，成為天之驕子的醫生，但來到醫院的時候，你是醫生嗎？醫院內四周都是醫生，比你資歷更深，更有經驗的大有人在，忽然間來到社會工作變得很眇小，甚至會被罵至體無完膚。

　　最後這位朋友辭職沒有再做醫生，選擇成為終日問朋友借錢度日的人，我每一次借錢給他之後，也有嘗試去勸導他，後來有一段時間各有各忙，彼此間又少聯絡。突然間有一天看到有關他的新聞消息，他選擇結束 Ａ 了自己的生命。

08. 慈悲喜捨

作者：許思庭

很多時候聽到稱讚一些心地善良，身體力行，善心善行的人用「菩薩心腸」去形容。不論宗教背景而言，即使代表這個人有「慈悲心」。

《發菩提心經論》卷上云：「菩薩發心，慈悲為首。」

不過很多人行善，背行是另有目的。縱使口中所說如何慈悲濟世，捐錢是為了幫助有需要的人、是為了救助那些人等等。即使到最後全世界的人都相信你，但你瞞騙不了你自己。

做善事、捐錢、推廣公益活動等等，或許在某些人眼中是可以用來爭取社會名譽地位、人際間的優越感或者其他看不見、看得見的利益等等。

曾經也遇過這種人，某餐廳是定期向 65 歲或以上長者派發免費飯盒，餐廳收入有限，如果要持續以派飯來幫助更多長者的話，就需要善心人捐錢及義工幫忙做派飯的工作。有一次就是因為一些義工需要拍攝大合照作為自己日後在工職上的「記錄」，所以要一眾長者烈日當空下排隊多等十五分鐘才可以開始領取飯盒。

這種人的善心被利益占據，忘記了幫助別人的本意。

菩薩普度眾生認為要具備四種精神，「慈、悲、喜、捨」，亦稱之為四無量心。無量即是無邊際和沒有人我之分的領域。

慈，是心中有盼望，願眾生，願眾人能夠得到幸福快樂。除了讓自己快樂，也要讓身邊的人快樂，幫助有需要的人，更要令自己不單只是想，還要付諸行動，盡自己最大的力量去利益眾生。

悲，是一種悲天憫人的人，懂得感同身受別人及萬事萬物受苦的同情心。抱守一種悲心及憐憫心，盡力去救助受苦難，令其得脫，正所謂：「我不入地獄，誰入地獄。」

因此，素食者很大部份就是不忍為了滿足口腹之慾，而令到動物要受到被殺害之苦，生離死別之悲痛，感同身受慈悲心起，由此轉變成一位素食者。

喜，即是歡喜的意思，不是因為自己幸福而感到歡喜，而是要看見別人離苦得樂而心生喜悅，就如同自己幸福快樂一樣；更加不會因為別人得幸福快樂，而生嫉妒之心。即使是與自己立場不同的敵人，他們有快樂的事，也要能夠替他們感到歡喜。

捨，是能夠捨掉的意思，放下執著。物質也好，思想也好，心態也好，對眾生怨親平等看待，去除偏執的愛與怨嗔。捨掉放下，可以讓自己活得更自在。

菩薩的悲心是為眾生修起的，福德與智慧是從觀察眾生，解除眾生的痛苦而成就。在菩薩大悲心行的運用上，如果有了一絲絲的貪著愛染，那麼在熱心救世的大悲心行中，本質已是染污了。

　　人生中必定會遇到你痛恨的人、傷害過你的人、壞透的人。有著數不清的恩怨情仇，錯綜複雜，剪不斷，理還亂。三字經曰：「人之初，性本善」，如果能夠以恩報仇，實是菩薩心腸。

09. 怯，你就輸一世

作者：許思庭

　　2013 年上映的電影《激戰》由張家輝及彭于晏主演，張家輝更憑著該電影榮獲香港電影金像獎最佳男主角。電影的賣點當然是兩位男主角鍛鍊出一身真材實料的肌肉，無花無假拳拳到肉上演的精彩 MMA 綜合格鬥場面讓人血脈沸騰的精彩動作場面顧言之好看，亦都是商業電影必須的元素，然而令張家輝獲得最佳男主角並非電影中他的打鬥場面，而是他在戲中用心所飾演的中年漢「程輝」。曾經因為金錢利益出賣自己，斷送了自己拳擊手的大好前途及拳王的名譽，自此放棄擂台上的夢，成為一個不務正業，失去了人生目標的人，一天一天的浪費光陰。直至因為債主臨門走投無路所以選擇逃至澳門朋友打工的拳館內工作及避債。正所謂福禍難料，雖然對在澳門拳館內擔任的新工作難以投入，可是當他靜下來重新開始一段新生活時，漸漸地起了變化。

　　這時候程輝遇上了彭于晏所飾演的「林思齊」，他想刺激起因為生意失敗終日意志消沉及借酒消愁的父親，希望他重拾人生意義及鬥志，希望自己能夠在父親喜歡投注賭博的 MMA 綜合格鬥比賽時出現，展示出自己不屈不撓的鬥志藉此感動父親，所以找到程輝工作的拳館內學習 MMA 綜合格鬥。

　　當林思齊知道程輝當年在香港是叱吒一時的拳王，雖然今天在澳門這間拳館只是一個清潔工及教導健康舞的導師，但林思齊都決心跟他拜師學藝。

　　程輝本來是因為林思齊提出如果他能夠在比賽中獲勝會將獎金分一半給程輝作為報酬，所以才答應教導林思齊。不知不覺間程輝在

林思齊的身上彷彿看到少年時期自己的身影，對拳擊的熱誠與執著，還有那份對比賽取勝的決心，更想起過去自己師傅對自己的教導及片段。

也許當年他辜負了師父的一番心意與寄望，如今他覺得能夠培訓林思齊成才可以彌補自己心中的遺憾，所以在林思齊第一次出場參與比賽之前，程輝在休息室跟林思齊說：「踏上擂台千萬不可以怯，怯你就會輸一世。」這句說話就是程輝的師父當時跟他說的一模一樣。

後來林思齊在其中一場比賽時被對手重擊致身受重傷一度進入深切治療部，擂台上的林思齊終於感動了自己的爸爸重新振作起來，在他的身邊日以繼夜，夜以繼日照顧林思齊希望他盡快甦醒。

程輝相當自責，因為程輝當日他的朋友因為有緊急事所以要到醫院等候，身為師傅的他沒有在林思齊比賽的場地指導他如何作賽，覺得是因為自己的過失而未能及時阻止林思齊這次的意外。眼見林思齊的拳手生涯可能將會斷送，甚至有可能終生殘廢。

本來程輝又再一次陷入自暴自棄的邊緣，見到家中的小金魚也要想多吸一口氣掙扎求存，他反思自己呢？他勇敢地站了起來，跟林思齊一樣報名參加 MMA 綜合格鬥比賽，為了完成林思齊的夢，一雪前恥，還有是為了自己。

歲月不饒人，程輝這個年紀再次投入訓練比年輕人更難，單單是體力不足已經是極大的障礙。

最令我印象深刻就是程輝的好朋友黑仔問他為何要踏上擂台參加 MMA 綜合格鬥比賽，黑仔極力勸阻程輝恐怕他會步林思齊的後塵。

程輝的回應相信會令很多人到中年的男人引起共鳴，他覺得年少的時候奪得拳賽的冠軍腰帶好像整個世界都是他的，後來為了金錢利益而打假拳，覺得連唯一可以為自己做到的事情都被自己出賣了，如此白白浪費了三十多年時間甚麼也沒有做過，他不想在臨死前發覺自己人生是白白的走過，帶著遺憾事離去，在格鬥擂台上勝負其實已經不是最重要，只是希望讓自己可以做一次蝴蝶，就算短暫的美麗也已經不枉此生。

有時候人到了某個時期就會回想起過去，快樂的就像煙花很快散去，遺憾的事情偏偏卻是刻骨銘心，人生有很多事情我們控制不了，放棄了很多原本我們不想放棄的感情也好、生活也好、理想也好、做人也好，到底是我們身不由己，還是我們沒有努力爭取？

為什麼會引起共鳴？或許我們好想像程輝一樣，可以再一次遇上一個機會，可以去彌補我們生命中的遺憾，人到中年就會開始想時間到底剩餘有多少？

寧願帶著遺憾過日子嗎？倒不如看看如何有機會把遺憾抹掉。

不要顧慮這麼多，因為「怯，你就輸一世。」

10. 武是道

作者：許思庭

雖然有一句十分老土的話：「學功夫，是用來強身健體。」但其實有多少人一開始是抱著這個心態去學功夫呢？

現在的家長有些都會帶小朋友去學功夫，多數是跆拳道，表面上是強身健體，不過因為有所謂「考帶」的升級試制度，始終離不開「考試」的觀念。十居其九這些學功夫的小朋友，到了某個階段就會開始想放棄，如果要考上「黑帶」，大多數是受不了嚴苛的訓練，痛苦、忍耐及時間，這個過程如果欠缺信心與決心的話是絕對捱不過去的。

因此，家長很多時候倒是為了可以利用小朋友穿跆拳道袍拍照用作為升學個人作品集就覺得已經很足夠。

我們這一代人小時候家境並不富裕，想去學功夫，但又沒有錢，唯一可以做到的就是憑著我們的誠意與熱誠。

當時去學功夫的師兄弟其實大多數是因為深受功夫電影影響，覺得如果能練得一身好武藝，既可以保護自己，更加可以鋤強扶弱，只是幻想已經很有英雄感，有一種飄飄然的感覺。

那個時候的孩子多數會經由一些已經在武館習武的「師兄」推薦給師傅收為「徒弟」。想當年就是被一個詠春拳的高年班「師兄」，經常在我們面前示範詠春拳的「黐手」，深深被那種講求反應、變化多端及速度感的打法吸引著，後來正式拜師入門成為他的「師弟」。

　　還很記得師傅一開始沒有跟我們收「學費」，他說因為新入門的弟子很多時候第一堂過後，第二堂已經不見人了。第一堂很辛苦嗎？其實不是，就是反覆練習詠春拳最基本的一套拳「小念頭」。很多人希望一步到位，或者覺得「小念頭」很沉悶，不願意花精神時間從基本功慢慢學起，只想一步登天。

　　因此，當師傅看到你在最基礎的學習階段感受到你真的很用心去學習、去鍛鍊的話，他才會真的開始教你真正的詠春拳。現在科技發達可能你會說我上網找影片教學已經知道如何打木人樁，當你真正在拳館跟師傅學習詠春拳的話，你才明白到是截然不同的。

　　或許動作上從影片中可以學得到當中的姿勢及形態，可是其中運用的力度、角度、速度與技巧需要師傅在旁的指點，你才會明白當中的竅門，而這些都是師父千錘百年之後的經驗。他為什麼傳授給你？學費要花很多錢嗎？ 不是。原來遇到有心人，有緣人可以傳承詠春拳這套功夫，將自己習武的心得傳承到下一代就已經心滿意足。在這個金錢與利益先行的年代，這種師徒的情誼，試問還有多少人會明白呢？

　　本來學功夫略有小成的時候，年少氣盛很自然地會傾向於「好勇鬥狠」，這種心態師父又怎會不知道？所以當學習中在某個階段發覺自己停滯不前，原因就是心態的問題，當然明白習武之人真正的意義，突破自己，意志要堅定，對自己身心技的修練，並非為了一己私利，才可以更上一層樓，真正做到收發由心。

11. 做生意不只是做生意

作者：剛田武

　　做生意不只是做生意，看似很玄，卻是事實，或許對於沒有創業過的朋友而言，不知所云。不過，有時候，看到一些朋友，因為某種原因，必須要創業，看見他們面對困難時的徬徨，心內也感到惋惜。但眼見不少創業者，就像清兵一樣，胸口上有個勇字，然後便上戰場，事前卻毫無準備，還會覺得心寒呢！

　　這本只是散文書，並非工作書，我也無意教大家如何去做生意，只是看到這情況有感而發。我曾經創業，做生意十多年，但在未創業時，與一般人一樣，也是一位上班族。

　　打工時期，對內與同事處理好關係，與上司更要保持良好的關係；對外，與其他合作的公司要經常溝通，增加人脈，簡單說就是所有相關的位置要全部亮綠燈才可成事，任何一方不配合，一切都是徒然，這更可以說，為了創業部署了十八年，才敢走出創業的一步。當然，這十八年來的辛酸，只是用「部署」二字便輕描淡寫地說出來，事實上這十八年的歲月，又有多少人能體會？

　　覺得自己已準備得差不多的時候，便開始學習如何創業。在創業前，多方搜集資訊，了解勞工法規、政府法規，並要學懂，如何招聘員工、處理職員大小事務和溝通，找合適的營業地址，未來客戶、生意的來源等規劃。

　　創業後要裝修、聯絡客戶、接單、開始正式工作等等，並且必須留一大筆的週轉資金，要預算萬一沒有生意或生意不佳的時候可以

撑多少日子。要有心理準確去迎接很多沒有想到過的問題,可說得上是一步一驚心。

　　要面對那麼多不同的問題,對一個沒有做過生意的人,真的是不簡單!如果到另一個完全陌生的地方,更是不可能的任務,除了不熟悉市場之外,沒有當地經驗、人脈,真的是難上加難。

　　不少人因為打工多年,覺得當老闆很輕鬆,什麼事情都丟給員工去做,自己想怎樣都可以,總是幻想創業很簡單、很美好,當一旦自己創業時,才發現有很多問題必須要面對。這些問題原來不只是局限於生意上,還有人際關係、創造力、分析能力等等,可能都是過去沒有想到過的,如果在這一刻才發現,可以說為時已晚。對於突如其來必須面對這一大堆沒有想過的問題時,恐怕這個生意真的會九死一生。

12. 武漢肺炎下也應樂觀面對

作者：剛田武

2020 年初，因為武漢肺炎全球肆虐，由二月到五月，令到人心惶惶。於二、三月時，很多專頁、臉書或是一些 youtuber，在網絡上大部份都是談這些話題，不約而同都在說，武漢肺炎之下，大家生活有多麼悲慘，講到好像真的很嚴重似的，世界末日也快到了的樣子。當然，病情事實上真的很嚴重，不過，是否就因此而應該天天在網上散發這些悲觀言論呢？

我是比較樂觀的人，所以我覺得疫情既然已經出現，大家應該互相鼓勵，不要再講太多悲觀的事情，說什麼「死定啦」，「都過不了今天啦」，等等話語，這樣只會令人更難受。這情況就等於一個很多年前聽過的寓意故事，半杯水的問題，樂觀的人看到會說：「還有半杯水，還可以呀！」悲觀的人看到會說：「慘了，剩下半杯水，不夠了」。

我看到不少的朋友本來心情已經不太好了，某些人還給他們帶出這樣的訊息，這真的會讓他們覺得跟行將就木沒有分別，分享這些言論，到底目的何在呢？正確來說，在這個非常時期，大家更應該互相鼓勵，一起去抵抗這個疫情才對。

除此之外，還有一些令人費解的做法，這段時間在新聞中，見到很多人在搶購白米、衛生紙……我看到之後也會想一下，我是否也應該跟著去搶購呢？但當冷靜下來仔細分析一下，我問我自己，搶這些來做什麼呢？

先談談白米，我的醫生叫我吃少一點澱粉質，不要吃那麼多白飯，吃吃其他東西啦，因為我太胖了。那麼沒有白米的話，對我來說是沒有關係的，或許這樣更好呢！只要不是所有糧食短缺，便沒有問題。如果缺的只有白米，這絕對不會影響生存空間和生命的。

至於搶購衛生紙，就更加令人摸不著頭腦，朋友也在問我家裡有沒有衛生紙，我就直接說，印度人也不用衛生紙啊！我曾經到過馬來西亞旅遊，發現很多洗手間內的廁格都有水龍頭及水管的，我就請教導遊，水龍頭有什麼用處，是洗地板嗎？

導遊跟我說：「不是啦，大馬人很多人習慣不用衛生紙的，直接用水管清洗，而且要洗到很乾淨呢。」，可以看得到，沒有衛生紙絕對不是世界末日，雖說是有點影響，但根本影響不會很大。沒有衛生紙，就要去搶購衛生紙；沒有白米，聽到別人去搶白米，也就跟著去搶。其實這樣做人是很辛苦的，真的何苦呢？

假設，真的是世界末日來臨，那倒不如開心一點，把握餘下時間，多享受人生一些吧。不要那麼辛苦地浪費時間去搶東搶西的，而是應很悠閒地走到公園，坐下來，喝一杯咖啡，看看最後的黃昏吧。

13. 人生不用太執著

作者：剛田武

　　有時候，逛百貨公司，除了可以當作休閒活動，逛逛街及購買東西之外，也可以看到人生百態。

　　在百貨公司內，不同部門有不少的場景，女裝部可以看到女士們歡天喜地的選購心儀服飾，也看到情侶或夫妻們共同商議挑選那一款產品。兒童部門，除了看到小孩子高興的樣子，也可以看到一家人的幸福快樂。餐飲部更加可以看到無論是一個人，還是一家大小，都可以看到大快朵頤的樣子。

　　除了看到不同人的樣子外，還可以看到不同人的態度。不管那一個部門，都可以看到不同顧客的不同態度。有些人買東西很爽快，看中了就馬上結帳，有些人左看右看，猶豫不決，想很久也不知道該買那一樣。當然，也會有些人，決定買了，卻仍在左算右計，看看這家公司比較便宜，還是那家公司較多優惠。更有些，買的時候，還會問售貨員，會否有優惠價，有沒有什麼贈品等等，千奇百怪。

　　當然，每個人都會有他們購物的自由，只要自己覺得開心便可以了，不用理會旁人，不過，我卻甚好奇，有些人左算右計，最後決定買了，但最終可能會後悔，又或許覺得不一定真有那麼多好處。

　　有趣的是，我有兩位南轅北轍的朋友，差不多同時間去買車，巧合的是，二人所買的還是同一廠牌的同款車。不過，二人購買時的態度卻截然不同。朋友甲先在網上看了很多資料，然後實地去試車，還

找了該公司五家不同駐點，找了五位不同的營業員，取得不同的報價及優惠，最後才買下來。

朋友乙則很簡單，看中了就馬上買了，沒有什麼看過太多，也沒有談什麼優惠，動作爽快。當然，價錢上，甲相對乙來說，的確是便宜了一些。但有趣的是，當二人分別取車之後，甲的車不知道何故，出現一些怪聲音，後來又發現了一些故障，需要牽回車廠修理幾天才可以再用。相反，乙的車就一直開得很好，沒有什麼大問題。

人生就是如此弔詭，我絕對相信，這個世界上，很多事情是人算不如天算，只要做好自己的本分就可以了，結果如何，沒有人可以控制得到。

這令我想起很多年前，許冠傑的歌詞：「命裡有時終須有，命裡無時莫強求。」人生，真的不用太執著。

14. 露營最能接近大自然

作者：剛田武

　　在一些朋友聚會時，很多話題離不開興趣，每當與友人談到這個話題，我總是想，到底我的興趣是什麼？我喜歡玩的東西很多，可以說是有很多興趣，也可以說是一點興趣也沒有。

　　其實，我閒時很喜歡進行一項活動，那就是到郊區露營，有空時一個月至少去一次，不知道這樣是否算是一種興趣，總之，每次露營時，那種感覺非常好。

　　對於露營，最喜歡是海邊的角落，因為看著海景很漂亮的，除了有很大的草地，外面通常都會有一個石灘，而且我經常包場，一個人享受著這樣的情景。雖然有時會感慨：「寄蜉蝣於天地，渺滄海之一粟」，或許會有點空虛感，但那種感覺和心境完全是放鬆的，看似矛盾，卻非常舒適，人生不就是活在矛盾中嗎？

　　露營除了可以假扮一下文青（咦？應該是文中了！），感嘆一下人生外，有時候，還會遇上意想不到的驚喜。

　　曾試過在某些營地，當中有很大片的小草原，草生長得很高，而草與草之間有一條水溝。有次突然看見有東西從草叢中跑過，第一眼還以為是野狗，之後再看清楚時，發現原來是豬的屁股，牠跑得很快就走了，應該是野豬。

　　這或許是露營會遇到的意外事件之一，也是危險的存生，在台灣的山林，這些事情還是小心一點會好一些，什麼動物都會有可能遇上的。畢竟這是野外地方，是牠們的家，牠們沒有邀請你睡在野外，可

能過去數百年來，都沒有人類出現過，現在是我們無故地出現在這裡，事實上我們打擾了牠們的生活。

所以，有時候會想，既然我們享受著這麼寧靜的環境，我們更應該珍惜這裡，同時要尊重牠們，儘量不要打擾牠們，大家一起擁有這片大自然。除了這些動物外，看到昆蟲（如：蜜蜂、草蜢等等），同時也不要打擾牠，更不應打拍死牠們，我會認為這是人家的地方，我只是過客，事實上是我在騷擾牠們了。

對於如此美好的大自然，除了不要騷擾這裡的「主人」外，我每次都會把自己的垃圾帶回去，有時候連別人的垃圾，也會帶走。例如看到水瓶，廢紙我也會順便撿回去，讓這裡的環境保持潔淨，愛護大自然，讓之後的使用者，又或者將來自己再來時，還是保持著美好的環境。

15. 日式燒肉與先入為主

作者：剛田武

由於武漢肺炎疫情在全球擴散，全球航空業在 2020 年上半年幾乎陷入全面停頓，所有人沒有辦法到國外旅遊，例如我就無法遊覽日本。雖然這也是無可奈何，不過為了保障全球民眾健康，所以唯有忍耐一下。為了紓緩一下外遊的慾望，我最近有機會便到餐廳享用日式料理，更經常吃日式燒肉和炸物。或許在不少人的心目中，這種吃法是對自己的身體開玩笑，不過筆者最近卻在一些以健康知識為主題的日本綜藝節目中得知，以上的說法很可能是人們先入為主的想法。

在傳統認知上，燒肉是一種很上火的烹調方法，所以多吃無益。不過在電視節目《この差って何ですか？》的調查顯示，原來燒肉烹調的過程可以令肉類脂肪減少三成，相反涮涮鍋料理只能減少 15%。而且燒肉烹調可以把肉的營養鎖住，所以在日本有不少年屆 90 多歲的老人家也常常到燒肉店吃燒肉。

該節目也列舉了另一個例子來打破觀眾的「先入為主」，就是到底喝啤酒還是梅酒較容易致胖呢？結果竟然是看似很健康的梅酒的卡路里含量，比熱量很高的啤酒多接近 3 倍！節目製作組列舉的原因是釀造梅酒時需要加入大量糖分，所以別以為水果釀製的酒便一定是更健康喔！

在飲食方面的先入為主尚且是這麼普遍，複雜得多的男女關係涉及先入為主自然是正常不過。曾見不少坊間的淑女們總是只要覺得自己的老公或男朋友曾經對自己好，無論現在是如何待自己也死心眼地認定他會有回心轉意的一天。當然這年頭是有更多的紳士們

曾經獲得女神向自己報以微笑之後，便認為只要為女神付出更多便可以抱得美人歸，只是這種先入為主的觀念與現實大相逕庭，最終令自己失望。

　　至於關於男女關係最大的先入為主，則是相信拍拖甚至結婚的時間愈久，二人的關係就愈是牢不可破。如果男女關係是累進制的算術，那麼就不會出現拍拖 9 年的情侶說散就散，結了婚 30 年而且連小孩都都長大了卻才選擇離婚的局面。畢竟「變幻才是永恆」，若能接受什麼事皆有可能，從而打破先入為主的樊籬，這人生過起來才會更豁然開朗。

16. 青樓寫手，自古有之

作者：剛田武

　　寒窗苦讀，歷代文人大都兩袖清風，被迫淡泊名利，除非高中狀元當官，又或者找到收入穩定的財路，比方說，為青樓撰寫文章吸引客人光顧。

　　很多人看過電影《唐伯虎點秋香》，才子唐寅文采風流，畫功亦獨具神韻，代表作之一名為《李端端落籍圖》，李端端是揚州名妓，崔涯則為淮揚詩人。官方出版物《全唐詩》收錄了崔涯的八首詩詞，多首與青樓女子有關，相信他也是風流才子。眾所周知，古代詩人喜歡流連青樓，與名妓發生很多慾肉橫陳的故事流傳至今。

　　《北里志》描述唐代性工作者的身價不菲，青樓妓院的收費標準以「蠟燭」計算時間，陪伴客人一支蠟燭的時間，收費為三百文錢。三百文大約等於今天多少錢？那就 4500 新台幣左右。「褰簾一睹，亟使昇回，而所費已百餘金矣。」當然收費要視乎人氣而定，紅牌被客人看一眼，也要 100 兩，相當數萬元，客人非富則貴。

　　詩仙李白一生漂泊，到處留情，先後有四任妻子，詩中少不了酒色財氣，描寫妓女的詩赤裸大膽，《江上吟》寫道：「美酒尊中置千斛，載妓隨波任去留。」杜甫筆下的詩作，大多憂國憂民，卻在《攜妓納涼晚際遇雨》提到：「越女紅裙濕，燕姬翠黛愁。纜侵堤柳系，幔宛浪花浮。」不得不提，「花花公子」柳永沉迷酒色，終日混在煙花巷陌，為歌舞名妓填詞無數，《蝶戀花》是傳世佳作。

　　說回正題，崔涯給妓院捧場後，會寫詩賺取報酬，用現代的言語形容，他就是「網絡寫手」，寓興趣於娛樂。最初，他本來寫「賽後報告」自娛，後來想到可以賺取外快，原因是某青樓的「媽媽桑」請他吃飯喝酒，並拿出 20 兩銀，希望他向朋友推薦旗下姑娘。

　　崔涯心想一計，在朋友聚會時經常大談床上威風史，細膩地分析妓女的優點缺點，被他寫好的女生，吸引到富人爭相光顧，生意成行成市，因此，他很快就成為當時得令的「青樓寫手」，被各大青樓和妓女聘他寫報告。那時候，正確的說法叫「潤筆費」，時至今日，也有人替妓院「出報告」賺取外快，甚至是集團性經營。

　　上面提到的花魁李端端，邂逅成名後的崔涯，卻堅持拒付「潤筆費」，結果被寫成「鼻像煙囪、耳像鈴鐺，皮膚黑到黃昏時都看不見」。所謂不打不相識，李端端為與他和解，守在崔涯必經之路，一見就拜，二人墮入愛河，留下一詩。那就是「覓得黃驪被繡鞍，善和坊里取端端。揚州近日渾成差，一朵能行白牡丹。」取與娶同音，才子崔涯有意為佳人贖身，落戶從良。

17. 誰能沒有飼料？

作者：剛田武

　　早前網上看到一張圖，圖中畫著一隻豬在吃東西，旁邊有一個人在指著牠。畫中還有一句話：「不要跟豬談理想，因為牠只擔心飼料！」

　　畫這畫的作者，原意應該是說，因為豬只想著吃，其他都不會想，不要浪費時間去跟牠談理想。

　　事實上，十分無奈，萬物皆由飼料開始，是的，是萬物，不只是動物需要飼料，連植物也是必須的，只要失去了飼料，任何生命都一定會結束。古人有云：「衣食足，而後知榮辱」，這是說人類了，但人類除了食之外，還加上衣，可以看得出，就算飼料足夠，還不足，還需要有外表的衣者。

　　很多年輕朋友，總是覺得上一代人，為何總愛營營役役地生活，不去追尋自己的理想，把理想都放在夢想裡，平常只為一口飯，背向自己的意志，甚至拋棄理想。

　　而事實上，中年人、老年人也曾經是年輕人，每人都曾經有過理想，只是理想與現實，總像是天人永隔，要真的達成談何容易，但人總要生存，特別是有了家室小孩後，責任更為重大。常言道：「我可以不吃，但小孩不能不吃！」這就是為何，很多人為了現實，甘願放棄理想的原因了！誰能不先想飼料呢？你不吃，小孩也要吃！

　　當然就像周星馳電影所言：「做人要是沒有理想，和鹹魚有什麼區別！」我並不是不想追求理想，而是要追尋理想的第一步，必定是先解決飼料問題，意思是要解決溫飽。然後還有很多身外物要兼顧，

如住房、基本生活的需求，一一能滿足了，才有下一步追求理想的機會。

基本的生活滿足了，然後一步一步向理想進發，除非你出生在大富之家，否則誰不是經過努力而達成理想的？看別人成功的一面，看似簡單，但別人的努力可能很多人都忽略，總以為別人都很輕鬆的成功。

在這網絡發達時間，原因是資訊爆炸的世代，但事實上卻是傳播謠言及宣揚歪理的地方，倪匡先生曾說：「網上議論的不負責任程度，真是可怕之極。」

看似別人像豬一樣只為飼料，只求穩定生活就夠，毫無理想，但你確定知道你所嘲笑的別人真的沒有理想？你怎不知道別人努力數十年為了他的終極理想？而且，所謂理想也是人人不同，這原本也沒有什麼可以嘲笑的！最有趣的一句便是，誰可以不需要飼料能夠活下去？

18. 追求無窮慾望

作者：剛田武

　　我們經常能在電視劇或電影中看到飾演高僧的演員說：「放下執著」，佛家有云：「本來無一物，何處惹塵埃？」確實有不少得道高僧可以看破紅塵，能夠將世上一切都放下，生活得毫無執著，當然出家人也有對善的執著是另當別論。可是世上大部分人都是凡夫俗子，對於名利及七情六慾之事無論如何努力也始終無法完全去掉，要放下執著更是困難。

　　坦白說人類都是自私的動物，為了生存便要不斷追求物資上的需要，從正面來說這是力爭上游的動力，但是如果過了頭便容易造成執著，特別是想得到卻總是得不著的話，人的執著便更深。動物也有追求物資的本性，肚子餓了便要找食物，渴了便要水喝。相比之下動物比較簡單，因為大部分動物只要滿足最基本的生理需要便足夠，可是人類就多了不少追求身外物所帶來的煩惱，誠然爭取滿足需求（說穿了就是貪念）是社會進步的原動力，不過在追求滿足物慾的過程中，人類總是太計較成敗得失，一時的失意或沒能達成目標卻變成足以影響一生的遺憾，此乃對事物太執著所致，若因為太執著失去一棵樹而放棄栽種整個森林，豈非更大的損失？

　　所以追求進步和滿足物慾是正確的，只是如果太執著的話只會令自己的生活傾向痛苦，縱然是這一刻得不到自己想要的結果，也不代表將來沒機會。所以隨緣地活在當下是說易做難，卻是最應當擁有的生活態度。我們可以嘗試循以下方向去練習如何放下執著，沒錯，

放下是很困難的事，所以除非你是大師可以頓悟，否則「放下」也是需要練習的。

做每一件事或行走每一步之前，如果清楚自己的方向，肯定可以事半功倍，反之就困難很多，所以首先要學習想清楚自己到底為什麼執著，比如是在事業上升遷失敗令你失落和介懷，那麼就要想一下為什麼會失落，是因為薪酬沒能上調、討厭失敗的感覺還是對獲得升遷的人羨慕或妒忌？唯有弄清楚為什麼執著才能對症下藥，追求將來的成功。

接著嘗試感受一下執著為自己身體帶來的負面影響，如果因執著而弄壞身體，便是更大的損失了，而且這是身體對自己發出的警號，提醒自己要放下執著了。這時候便要學習讓自己的心境回復平靜，可以嘗試每天打坐默想數分鐘，讓自己去掉外界的騷擾，特別是滑手機的癮患，專心讓自己的心境平靜，平心靜氣下更容易將執念放下。

此外，也可以嘗試了解他人的狀況，因為世人大多是凡夫俗子，所以各自有各自的煩惱和執著，只是剛好你所執著的並非他人所缺，你擁有的反而是他人的執著所在。只要了解到別人的難處，放下自身的執著便容易很多。

71

19. 樂觀與悲觀

作者：剛田武

　　人生不如意事十常八九，無論你是開心面對或是傷心面對，始終也要面對。為何不能好好地活著，以樂觀的心態面對，做人便可以減少煩惱。

　　曾聽過有一個例子，在你面前有半杯水，樂觀的人看到，會很開心的大叫：「真好，還有半杯水！」。悲觀的人看到則悲哀的大叫：「慘了！只剩下半杯水，該怎樣活下去？」

　　這就是樂觀與悲觀的看法不一樣，同一件事，也會有如此大的分別。不過，當你遇到問題或困難時，你的態度可能會改變你的一生，又或是改變你做一件事的結局。

　　就用回半杯水作例子，樂觀的人會想著，既然有半杯水，雖然裝不滿，仍然有資源去努力追尋其他水源，讓這個杯裝滿。

　　悲觀的人就一直擔心只剩下半杯水而撐不了多久，也因為花心思都放在驚惶失措中，自然會影響了尋找其他水源的機遇，這半杯水可能就會越來越少。原本可能問題不大，卻因為心態問題，引致問題越來越大，這點真是有不少人忽略了！

　　這個問題就說明了，無論你用樂觀或悲觀的態度去面對問題，問題都會存在，並不會消失，麻煩的問題仍然存在，不會因為你害怕、擔心而消失。反而用樂觀的態度，還能冷靜面對困境，分析當初形勢，然後想方設法去解決，這樣就可能會找到最好的方法去處理。

人生苦短，每一個人每天都要面對不同的事情，不論是好的、還是壞的，都無法逃避。唯一能改變的只有自己的心態，就是用樂觀或悲觀的態度去面對。

有時候看到新聞報導有邪教日益壯大，又或是什麼教派的教主，又或是什麼法師轉運，這些人能這樣騙錢，甚至是騙色，全因為受害人都是悲觀去看問題，令這些騙徒有機可乘。

若果思想是樂觀的，凡是總想著天無絕人之路，這時無論別人怎樣欺騙你，你也不會上當，這些可真的是人生的基本道理，也不用太多著墨。同時，在想辦法去解決時，也能思路清晰。

人生苦短，最多也不過是八九十年，普遍都是六七十載，如果每天都活在悲慘的境界中，天天生活得不開心，愁眉苦臉，做人又有什麼樂趣可言呢？倒不如開開心心，樂觀地面對每天的生活與挑戰！

20. 你會為多少斗米而折腰？

作者：剾田武

　　經常聽到很多人提到陶淵明先生的一句名言：「不願為五斗米而折腰」，來到今天，就是不會為一筆薪水，而做自己不想做的事。

　　不過，確實有很多人不會為五斗米而折腰，而事實上，每個人都有一個價錢，五斗米看不起眼，那麼如果是五百斗米呢？甚至是五千斗米呢？到底大家會如何選擇？

　　同樣也是老生常談的一句老話：「財可通神。」又或是：「重賞之下必有勇夫。」就是，出一個價錢，總會找到合適的人。

　　沒有錯，的確每個人都會有一個價錢，而且，更有趣的是，二十一世紀早已是一個殘酷的淘汰賽，你不願為五斗米而折腰，可卻別人會願意，你失去了這個機會，還是放棄了這個機會，很多時候，可能連當事人都不懂。

　　談回每個人都有一個價錢，這是千真萬確的事實，除非你的父母早已給你一大筆此生用不完的遺產，否則，你也會有一個價錢，這就是你工作的薪水。即使你做生意，所賺到的利潤，也是你的價錢。

　　你願意上班八小時，收到這個金額，做了這些事情，就是你的價錢。當老闆要求你額外做一些事情時，你可能會討價還價，但最終還是會繼續去做，因為可能你接受這個額外工作，會失去原來的工作。

　　今時今日，有風骨的人不敢說沒有，事實上嘴巴說得如何冠冕堂皇，每一個只是生活在城市裡的人，都無法逃出這一個價錢，因為你

要活下去。當然，可能有些人的能力高些，叫價能力自然高，這是無可避免的事實。

再說深一層，提出這話題的人，可能是收到更高的價錢，去完成一些可能會不道德，又或是違法的事，後來拒絕了，便大聲說出：「不為五斗米而折腰！」不排除的確會有骨氣的人，但同樣也可能因為價錢沒有到他想要的價位，所以，不為所動。

事實上，金主再加碼，把價位提高，的確是更容易找到能完成工作的人，折腰的人就更多。

所以，基本上，每個人都有一個價錢，有的只是還沒有到而已，當真的有人願意支付那個價錢，你就會接受了而去完成對方的要求。至於要付出多少，就真的因人而異了！

21. 軟飯男與家庭主夫

作者：鄭湯尼

　　最近看了一部滿有意思的日劇叫《俺の話は長い》，內容是一名宅在家當了 6 年啃老族的 31 歲男子阿滿，跟他的家人互動的故事。能讓阿滿宅那麼久的原因，是他母親的無限包容，以及他擁有超強的口才和很懂關心別人，令希望說服他工作的人都只能認輸放棄。正因如此，有時候他可以從朋友和鄰居中獲得打零工的機會，甚至沒有工作也可以有女朋友。

　　劇中有一段是阿滿在朋友介紹下，為一名比他年長幾歲的富有美女總裁溜狗，後來造就雙方發生戀情，並進入同居階段。美女總裁明白阿滿不是不想工作，只是找不到希望發展的新方向，所以鼓勵他先把自己想做的事寫下來，然後再慢慢想一下可以走的方向。於是阿滿便展開一段在美女總裁上班時，留在她的家一邊打掃和做飯，一邊想人生方向的生活。過了一陣子後，阿滿很認真的跟美女總裁說，成為她的後盾便是他希望走的新方向。可是美女總裁聽完後表示很失望，並明言原來阿滿只是想當軟飯男。阿滿聽完後則是立即提出分手並收拾細軟搬回老家，面對其他人時裝作沒事發生過，只能在聽到電台播放失戀歌曲時暗暗垂淚。

　　一個家庭是由多於一位成員組成，每一個人互相合作建立和分擔才算是完整的家庭。傳統來說男方負責在外賺錢，女方則擔當處理家務。到了近年由於維持家庭的經濟負擔愈來愈重，同時也是女性在社會的權利和地位提高，因此愈來愈多的家庭走向所有成員平分經濟和家務擔子。所以反過來說，如果女方所賺的錢是足夠養活兩口子

有餘，男方也樂意處理家務成為女方的後盾，本質上跟傳統的「男主外、女主內」並沒兩樣，所以男方不工作成為「家庭主夫」，根本就沒什麼問題呀！重點是「家庭主夫」也有付出，家務之類的事其實要做起來還要做得好是很不容易的，就是因為不容易才令大部分人在家也不想做家務啊。而且要挺住世人冠以「軟飯男」的目光，這才是比要處理家務更困難的事。反正就是在做同樣的事，如果女生做就是理所當然，男生做的話卻不能為世人所容，那麼也太不公平了吧！當然，這世上是沒有絕對公平的事，所以男生們如果是比較擅長「主內」的話，在社會觀念沒有變化之前唯有先忍耐一下，這也算是男人生下來就無法避免的天職吧！

22. 回憶是最強的魔法

作者：鄭湯尼

　　曾經在香港「盛極一時」的驚嚇壽司店代表「明將壽司」，最後一所分店終於在 2020 年的五月關門大吉，不少「八十後」和「九十後」香港人在網上紛紛留言表示很可惜！天哪！這所壽司連鎖店以往是以相當嚇人和創意十足的迴轉壽司而聞名天下，他們的食品相當難吃，而且店內衛生情況差劣幾乎是沒有香港人不知道的，現在反而有不少人覺得很懷念，甚至希望再去「挑戰」一下，「回憶」果然是可以令人包容一切的靈丹妙藥喔！

　　說起來必須先讓香港以外的朋友了解「明將壽司」是什麼一回事。這所本來只是香港商家乘著 1990 年代開始流行的壽司熱而開啟的連鎖店，或許是因為後來生意額下滑，所以不知何時開始在其中一所分店推出很多意想不到的壽司，比如是最知名的以紅豆和灰色沙拉醬為主菜的「紅豆軍艦」、「可樂糖壽司」(對，是零食類的可樂糖！)和「飯壽司」(這不是在說廢話，而是真的在壽司飯上再蓋一枚壽司飯！)。縱然是款色比較正常的「鯡魚(港稱希靈魚)壽司」，聞說也是臭得像腐屍。不過當這些款式嚇人的壽司在網路上瘋傳後，竟然吸引了不少人特意拜訪一試究竟，甚至引起「去明將打大佬」(打大佬的意思是挑戰 BOSS)的熱潮。後來有電視台訪問該店，店長更直言是因為大家喜歡特意來吃這些可怕的壽司，才更加要弄得特別難吃！

　　這樣的風潮延續了數年，不過這種奇招還是有失靈的一天，所以明將壽司在數年前已開始減少店舖數目，僅餘的一所分店也不再售

賣嚇人壽司，令明將的故事逐漸淡出於民眾視線。或許確實是人失去了才懂得珍惜，所以縱使當年只是因為想一睹那些嚇人壽司的廬山真面目，甚至是挑戰 BOSS 成功後可以將這「豐功偉績」上傳網路平台炫耀一番才去光顧，也竟然會因為它的結業而感到可惜。好吃的食物和服務好的店才值得留下來，這本應是金科玉律，相反劣質食品跟服務差劣的店被淘汰才是應該，所以說「回憶」這東西確實可以為劣品大大加分是絕對沒錯。

另一個例子是筆者有朋友在舊區工作，他說在他辦公室附近有一所家庭式經營快餐店，聽說從前生意很好，特別是漢堡、咖哩飯和炸雞腿都很好吃。不過當朋友在入職初期光顧過數次之後，已經肯定地把這所快餐店列進黑名單，往後數年都沒有再光顧，只因食物質素確實很爛，特別是炸豬排的厚度雖然還算不錯，可是吃下來是又乾又難咬。不過當這所快餐店最近因為敵不過經濟衰退而即將結業之際，已經離開這社區很久的舊客人卻紛紛回來光顧，每天在店外排隊的人像是買口罩般多。他們也知道食物質素大不如前，可是也希望回來懷緬一番。

所以說「回憶」這東西確實相當厲害啊！

23. 疫情下重拾健康

作者：鄭湯尼

　　武漢肺炎（又稱新冠肺炎）令全球陷入混亂，幾乎全世界的人類在疫情下生活受影響，最大的影響莫過包括筆者在內，於生活在都市裡的上班族因為要預防疫情擴散而多了不少宅在家的時間，導致不少人暫別「正常」生活，並在宅生活之中建立新秩序。

　　日本皇牌綜藝節目《月曜から夜ふかし》於 2020 年 5 月的節目中公布一項日本人在疫情下比以往多做了什麼的調查，結果「看電視」以大熱門的 50.2% 得票高踞榜首，「打掃」和「做飯」分別以 27.7% 和 26.6% 得票屈居第 2 和第 3 位。另外「上網」、「睡覺」、「看動畫」、「看書」、「玩電動」、「網購」和「跟小孩玩和對話」成為日本人在疫情下多做了的事。看起來以上活動確實是很宅的選擇，也可視為疫情下宅在家無可奈何的選擇，不然在有限的空間裡還可以做什麼打發時間呢？筆者也跟大部分日本人一樣，在疫情期間因為部分時間需要停工而宅在家，也在家中多看了以往沒有時間看的日劇和獲得更充足的睡眠。不過說到在疫情下的意外收獲，肯定是終於開始償還負了多年的「運動債」。

　　事緣是開始踏進中年的筆者在宅生活之下實在過得太舒服，代價卻是開始覺得自己的健康狀態愈來愈差，好像比以往更容易感到不適。這時候筆者想起從前一個從事體能教練的朋友說過，一般人的身體機能在 25 歲後便會逐年下滑，必須常做運動才可以減少下滑坡幅，否則會一年比一年下滑得快。可是因為工作忙碌和懶惰的關係，筆者一直沒有抽時間做運動，直到疫情期間宅得久了，覺得自己的身

體狀況差了很多，於是告訴自己再這樣下去真的不行，所以決定開始做運動救自己。

　　但是宅在家又怎樣做運動呢？這就是一直以來給自己的最大藉口了。所謂「事在人為」，有心做的話就沒有難成的事，在法國不就是有人在自家陽台上跑完一次馬拉松嗎？當然筆者不會強求自己能做這樣的事，不過也可以按部就班地，慢慢讓自己養成每天運動的習慣，就是先在家中做一些簡單的拉筋和圍繞家中走走的動作，過了幾天之後就讓自己在家跑小步，先從每天只慢跑 5 分鐘開始，緊記是每天都跑喔。跑了 2 個星期左右便嘗試在家的附近慢跑，每天都跑，2 個星期後增加慢跑時間為 7 分鐘，再跑了 2 個星期後增加為 9 分鐘，如此類推。有時候或許看到附近一樣是在慢跑的人跑得比自己快，也不要因此受影響變成賽跑，畢竟養成運動習慣才是最重要。

　　還有一個重點是這樣可以順道鍛鍊意志力，對於十多年來沒運動的我來說，持續慢跑 9 分鐘不停下來也有一點困難，不過就是必須不斷跟自己說沒做完的話，除非是腳痛得完全不能動，否則不能停下來。只要熬得過心魔，一般人的身體都能習慣這種訓練強度。經過了接近 2 個月的訓練，筆者的身體確實健康了一點點，至少現在每天慢跑十數分鐘也沒問題，想起來這也是因禍得福吧。

24. 瘟疫過後，百業洗牌

作者：鄭湯尼

武漢肺炎肆虐全球，徹底改變地球人的生活方式，相信疫情過後，各行各業將面臨大洗牌。台灣的外送行業相當發達，甚至乎購買一杯珍珠奶茶也可免費外送，疫情期間，理論上有利外送進一步搶占市場，但令人意外的是，Amazon 旗下的戶戶送（deliveroo）突然撤出寶島市場，所為何事？

作為全球最大的外送品牌，戶戶送不敵 Uber Eats 和 foodpanda，以及其他地頭蟲，黯然敗走寶島，說明僧多粥少，市場容量始終有限度。戶戶送是華裔英國人許子祥於 2013 年在倫敦創辦，父母同是來自台灣，但它在揚威世界後，獲 Amazon 斥資 5.75 億美元入股，如今已在歐洲多國穩占一哥位置，直至 2018 年底「戴譽歸來」，也是亞洲第三個地盤。

然而，台灣本來已有 Uber Eats 和 foodpanda 扎根，加上 foodomo、有無快送等本土程式，外賣服務競爭激烈，台灣又能容納大量價廉物美餐飲小店，從食客的角度，這是一個烏托邦。相反，經營者承擔不菲，為了搶客提供折扣優惠之外，現時多個 App 的最低免運費單價降至 120 元台幣，基本上買一杯加大版珍珠奶茶就可免去運費。

疫情期間，卡個位、inline、有無外送、全球快遞與 foodomo 等加入「外送國家隊」，幫助過去未參與外送餐飲業度過難關，推出優惠包含免上架費、降低抽成費用至 15%等，簡言之，看似營業額上升，利潤卻在下降。說真的，在生意角度，利潤已經微乎其微。

　　為求短時間搶攻市場，外送服務會採用「燒錢模式」，寧願日日虧本，也要吸納大量用戶，迫逼競爭對手離場，直至進入「回本期」。大陸兩大外送應用程式，騰訊支援的美團和阿里支援的餓了麼，開頭同樣不斷燒錢，最終其他對手「玉石俱焚」，連百度外賣的市占率亦跌至不足 2%。

　　這是經營者的週期，美團和餓了麼確立寡頭壟斷格局，去年產生無言的默契，恢復合理收費，財源必然滾滾來。目前為止，台灣市場依然慘烈，戶戶送太遲進場，錯過了搶盡市場的黃金時間，不願繼續做賠本生意，停業是理智的決定。堅持就是勝利，但堅持需要金錢，對普羅大眾而言，「外送一杯珍奶」的大吃懶日子，即將來到盡頭，各位要好好享受最後的美好。

25.《花花公子》壽終正寢

作者：鄭湯尼

　　由 2016 年 3 月分開始，《花花公子》不再刊登裸女照片，嘗試華麗轉身，但來到 2020 年 3 月分，終宣布春季號將成紙本絕唱，未來會轉向以電子化出版。新媒體衝擊市場，紙本媒體早成明日黃花，無論情色雜誌抑或色情雜誌，也敵不過時代巨輪的衝擊！

　　《花花公子》自 1953 年首次發行，每期發行量高達 600 至 700 萬本，就算來到 2006 年，仍然售出 300 萬本，可謂歷久不衰，見證了大時代的變遷。沒有《花花公子》作為軟色情的拓荒者，也就沒有《Penthhouse》、《Hustler》及《Screw》等風行一時的硬色情雜誌誕生。

　　這本雜誌賣的是「美國夢」，創辦人 Hugh Hefner 本是窮小子，所謂富貴險中求，創刊號是經過到處借貸得到的資金，短短兩年時間，他已飛黃騰達，10 年後《花花公子》躋身大企業的集團。Hefner 鼓吹享樂主義（hedonism），創刊辭形容「真花花公子」是，一邊弄雞尾酒、一邊播放純音樂，邀請性感女伴來討論畢加索和尼采，還有性愛。

　　《花花公子》不只有裸女照，前身也是一本具「生活品味」的雜誌，介紹時裝、美酒、汽車、音響等，甚至有過嚴肅的影評、文學、政治文章，使其別具一格。以前 13 期為例，每期多達 168 頁講述文學和文化，篇幅占三成之多。上世紀六十年代後，雜誌每期增至超過 200 頁，除了名人作家的長篇訪問，就連前美國總統卡特競選時也接

受專訪，也有大量政治不正確的討論，如美化性濫交、支持同性戀、挑戰一夫一妻制等。

《花花公子》在文化界奠定了 cultural icon 的至尊地位，但始終是掛羊頭賣狗肉，物化和奴化女性之餘，與其他硬色情雜誌一樣，大部份模特兒都經過當年的「美圖秀秀」，明明西方女生多雀斑，但雜誌上卻是完美無瑕。統計顯示，雜誌轉型前的裸女比例，身材約 90% 為 35-23-35，令人質疑準確性。

性書王國全面崩塌，輸給的對手，當然是大部份免費的性愛網站。雖然《花花公子》轉型後，2017 年網上每月點擊率已由 400 萬飆升至 1,600 萬，鄉民平均年齡由 47 歲下降至 30 歲，但要與巨頭如 Pornhub 競爭，仍然是有一段差距。對老牌企業來說，「轉身慢」是致命傷，舉例說，《花花公子》雜誌和網上版之間的連繫性不足，沒能加入附加值。

在武肺疫情之下，Pornhub 為解老司機之苦，先後推出不同宣傳策略，甚至給歐洲重災區的義大利人免費獲得「至尊閱覽」，破格的思維是《花花公子》無法比擬。紙上媒體要生存，必須嘗試不同可能性，例如印上二維碼與網上資訊產生聯繫，又或贈送不同具收藏價值的小禮物，甚至為部份文章提供點讀版，一點即讀，不用看文字。

紙本世界的《花花公子》終結，現實世界的花花公子仍然比比皆是，女士們要看清楚男人啊。

26. 人總不知足

作者：鄭湯尼

古語有云：「知足常樂」。這句話人人都會說，但事實上又有多少人能夠真的可以做得到呢？

先不說「知足」是否真的可以常樂，大部份人都會認為，貪心是進步的原動力，這點又好像沒有錯，社會之所以進步，正是大家都貪心，得一想二，從而令這世界充滿競爭，然後不斷進化。

不過，這世界不只是黑白，凡事不能光看一面（這可以是另一個話題），一切也有正反兩面的。貪心可以令人進步，同時，貪心也可以毀滅人類。有多少家破人亡？有多少妻離子散？這些都是出於貪心。為什麼賭博可以存在幾千年？只因一個貪字。

原始人生活簡單，只求溫飽便滿足，後來因為物質豐富，人便需要更多享受。今天來說，一切緣於一個「錢」字，有了錢，人類就會產生貪念，越想越多，賺到錢，就想賺更多的錢！

人到來這個世界，本來就什麼也沒有，空手而來的，事實上，錢夠用便足夠了，為何一定要賺盡所有的錢？重點是，跟來到這個世上一樣，當你離開時，也是無法帶走任何錢，或任何東西。

這時候，憶起兒時看的一部電劇劇，由鄭少秋飾演的《書劍恩仇錄》，其中有一段講述，由鄭少秋飾演的乾隆到民間，遇到一位歌女（狄波拉飾），那一幕是歌女唱一首歌諷刺乾隆的貪心，歌詞非常有意思的，其中幾句是：

金堆滿大屋未謂滿足

日日淘萬金未謂滿足

百千婢僕照樣不知足

娶妻娶妾未可滿足其慾

當起了縣官尚未滿足

又做成尚書亦未滿足

要爭國權要奪千秋帝基

苦爭苦霸未可滿足其慾

事事未滿足

死心不會服

有朝慘變實在自取其辱

獨白：所謂人心不足就蛇吞象

做佐神仙都未必滿足

只怕天梯依然未搭起

牛頭馬面來將你捉

落到地獄就想做閻王

做佐閻王又怕孤獨

問君何所慾

問君幾時先至滿足

歌詞的意思寫得非常好，說明了一層一層的貪念，有了一就想二，有了二就想三。當然，原唱是關菊英，而填詞是盧國霑。

問君何所慾，問君幾時先至滿足！這句話道盡所有人的心聲，有時候想想，幾時先至滿足呢？

有時想真一點，能活在世上，不愁穿、不愁吃，應該已十分滿足，只要身體健康，的確不用整天想著要很多很多的金錢！而且，快樂也不一定需要金錢來堆砌的！

27. 人只為自己生活

作者：鄭湯尼

小時候曾聽過一個故事：

有一對父子，牽著一隻驢走進一個小鎮，路上有人取笑他們很笨，為何有驢子不騎，父親聽到後，便叫兒子騎著驢子。走了一會，又聽到有人指責兒子不孝，竟然自己騎驢子那麼舒服，而讓父親走路那麼累。父親馬上叫兒子下來，自己騎到驢背上。這時又有人說，這父親怎麼那麼壞，不擔心兒子會累死嗎？父親連忙把兒子拉上驢背上。一會後又聽到有人說，兩個人騎著驢子，不怕把驢子壓死嗎？父子二人趕快走下來，把驢子四隻腳綁起來，用棍子扛著走。走不一會，父子二人累到走不動，剛好經過一座橋時，驢子掙扎的時候，卻掉到河裡。

據說這故事是出自伊索寓言，但不管出自那裡，重點不在故事出處，而是內容。這對父子的故事，其實每天都在上演不知多少億次。

很多人活著都在介意別人的看法，失去自我，當然，這同時也引發另一個話題，就是太多人喜歡對別人評頭品足。

人活著其實是為自己生活，絕對不需要為任何人負責，實在不必理會他人的看法，如果是家人，有時還是需要照顧一下，如果是陌生人的話，更是不屑一顧。

在網絡時代，這樣的情況似乎比過去的日子更容易出現，某一種行為出現了，眾人就像古代一樣，圍著霸凌，如果所批評的事是違法，或可引起阻嚇作用，對社會還可以算得上有幫助，但如果既不違法，也不侵犯到其他人，卻仍然很多人愛取笑、甚至出現謾罵。

　　我就曾見過，有人上傳一張穿著古裝（古代新娘全紅色的服裝）坐車，有人拍照上傳網絡，然後下面一堆人留言，當然不會是什麼欣賞的說話。這時我在想，她喜歡穿什麼衣服上街，跟旁邊的人，甚至跟網絡上看到的人都完全無關，到底其他人有什麼資格去批評？這人影響到誰了？需要這樣嘲笑嗎？

　　這正如驢子的故事一樣，除了父子二人騎著驢子可能會壓壞驢子之外，其餘的幾種行為，其實不需要向他人負責。到最後無論是開心或不開心，成功與失敗，哪一個結局出現，最終都是由自己去承受，太在意別人的看法，失去了自我之餘，也失去了人生的樂趣。

　　做人，只要對自己負責，在不違法及不影響別人的情況下，儘管去做吧！

28. 說謊

作者：鄭湯尼

　　小時候，成年人總是教導我們，要做一個誠實的孩子。但隨著年齡的增長，會慢慢發現，誠實的孩子，有時候，或會因應場合，是需要說謊的。

　　每個人每一次的說謊，都有他的原因或目的，可能是因工作需要、讓自己的另一半開心一些、又或是讓小孩子聽話。有些人很愛說謊，當然有不同目的，但有趣是，有些人沒有任何目的，就是愛說謊。

　　說謊是要有本事的，除了要聰明，將謊言創作完美外，還要有超強的記性，說謊也是一種藝術，謊言也要說得很智慧！

　　誰說欺騙就是可恥的行為；誰說誠實一定會有好人緣？人與人交往，有時候必須講假話，有時候必須說真話！

　　但是，到底什麼時候該說真話，什麼時候該講假話呢？很多時候，別人說的話究竟真話，還是假話，我們卻常常傻傻分不清楚。

　　到底該如何分辨是真話，還是假話呢？

　　謊言說得有智慧，能讓氣餒的學子不再徬徨；能讓身患絕症的病人重燃生命希望；能讓擔心的父母放下不安的大石；能讓人減少心理負擔；能讓人感情變得融洽；能讓人在職場中如魚得水、平步青雲……

　　謊言說得有智慧，讓別人快樂，也讓自己幸福！

工作謊言——說的小心謹慎，明哲保身！

工作中隨時潛伏著機會，也處處隱藏著地雷，學會自我保護，先為自己披一層「保護色」，迂迴前進才能順利邁向成功。

職場謊言——說得真誠自然，如魚得水！

一個真誠自然的微笑，會讓整張臉都明亮起來，在臉上沒有完全綻放的笑容，是一張失敗的面具，遮掩不住刻意隱藏的各種情緒。

社交謊言——說得恰到好處，魅力無限！

善意謊言不僅不會讓人產生不信任和懷疑，相反的，更能淡化衝突、助長友誼，潤滑社交中的各種糾葛和摩擦。

愛情謊言——說得甜甜蜜蜜，天長地久！

愛情中的甜言蜜語是女人最好的「滋養品」，只要男人獻上「甜蜜的奉承」，女人永遠心花怒放……

會說謊的女人都很聰明，即使不是大美女，依然能緊緊抓住男人的心……

聰明謊言——說的聰明智慧，如沐春風！

說謊就像遊戲，要玩，就一定要熟悉遊戲規則，並且要懂得適可而止。

　　遊戲規則最重要一條就是：不要輕易說謊，說出的謊言不能傷人，最好有積極的意圖。

29. 這世上沒有平等

作者：鄭湯尼

　　平常總聽到很多人說，要爭取平等，又或是，這樣不平等，那樣不公平，我們應該要如何如何？但事實上，這世界根本沒有平等這回事。

　　你出生時，幾乎已決定了你的命運，你生成是男，或生成是女，人生所走的道路都會不一樣。再仔細分一下，無論是男是女，你長的高大、矮小；長得帥、長得美、或長得醜；長得瘦、長得胖，這些也都會令你的人生不一樣。

　　以上也只是外表的分別，還有內在的不同，你是聰明、愚蠢；反應快、反應慢；性格外向、內向；愛說話、沉默；同樣也會有不一樣的遭遇。更不用說有些人生來就有藝術家天分、說話天分、或唱歌天分等等。

　　上帝創造了如此多的不公平，人類就創造了更大的不公平，地區發展、國家制度，又或是各種社會規章、金錢量度，全部都對人類造成不公平。

　　例如你長在有錢家庭、小康之家、或低收入戶，更會影響你的成長。再說，就算同樣是小康，你生在台北，或生在高雄，也會有不一樣的結果。

　　再擴一點，就是出生的國籍，你是台灣人、日本人、法國人、美國人、阿爾及利亞人、伊拉克人……大家可以想像一下，不同國籍，命運是否又會大不同？

　　當然，在各種制度下、在民主國家裡，人民生活相對較公平，但也不是絕對，以上種種例子，就可以看得到，人間根本就沒有公平可言。

　　其實一切都由命運掌控著，事實上最大的不公平便是命運，常言道，他的命生得好，又或是他的命生得不好。除了生成是如何之外，人世間的種種遭遇，也是命運的安排。生病便是其中之一，有人年輕時便患上絕症，有人卻一生沒什麼病痛。還有，一些意外事件，早一點、晚一點，結果都會截然不同，例如，就同一宗嚴重的大型車禍，每位肇事者的結果都可能會不一樣，有人當場死亡、有人重傷、也有人只是輕傷，這不是不公平的結果嗎？

　　這些都是我們無法控制，所以，這世上根本就沒有公平，有人窮其畢生精力去爭取平等，但回頭一看，原來都是徒勞無功的事情，根本太多太多事情，是人力無法改變的！天生太多事情都是由命運安排！

30. 真的是事實⋯⋯嗎?

作者：鄭湯尼

　　之前從網上看到一段影片，這段影片是美國某知名大學的一個實驗，教授請了二十位學生坐在一直排的椅子上，椅子與椅子之間用隔板把同學們從左至右分隔開，在最左邊的首位的同學得到教授給他的一封信，首位同學打開之後看到裡面寫了一段大約不到一百字的故事，首位同學用不到兩分鐘的時間來把故事消化及記憶下來，教授也把信件收回，然後首位同學就用演說的方式跟右手邊的第二位同學解說這封信的內容，而第二位同學也用心聆聽、用心記憶，花不到兩分鐘第二位同學亦把故事內容記在心中，同樣地第二位同學轉身向右手邊的第三位同學解說故事內容，如是者的第四位、第五位同學，直到最後第二十位的同學收聽完故事的內容後，就把故事內容寫在紙上交給教授。

　　教授把兩封信放大後用影像投影在牆壁上供大家參考及討論，經過二十位同學所聽所聞的所謂同一件事件，從第一位到第二十位同學的時候，最終結果是天差地別的故事內容，縱使這二十位的同學已經從前一位同學的口中用心聆聽，以及用心解說給下一位同學，縱使大家都認為自己是說事實的全部，並無虛言，結果還是偏差很大。

　　過程中每位同學也會不期然地加上自己的理解、心得、個人意見以及語氣運用的表達，造成實驗「結果」與最初的「事實」變得面目全非，這個實驗說明了「謠言」，或者是「傳說」在散播過程中，會因為傳播者的誤聽或添加所產生的效果。

　　在人類未有文字記載的時代，甚至已經開始有符號及文字記載事情的時代，但當時只有限於有識之士，而其他民眾因為環境原因，有受過教育的始終比較少，口傳訊息始終是主流方法，歷史、野史、家族史、文明技術等皆是如此流傳。

　　到了現今文明時代，文字、錄影、錄音等科技記載的普及，口傳訊息已經大大減低其影響力，但也可以造成誤差，即使是這樣，「謠言」、「傳說」等仍然充斥著每一天，因為每位接收者都會深信不疑認為是「事實」，也堅定自己所發放的訊息都是無愧於心的「事實」，一個人就會有一個「事實」，一百個人就會有一百個「事實」，「事實」如是，「公平」如是，「正義」也如是，一個人就會有一個「公平正義」，一百個人就會有一百個「公平正義」，法庭上每天上演著「公平正義」對「公平正義」。

　　可惜的是，剛才的討論只包括「真實」的狀況，而社會上還有一大堆惡意造謠，為了某些原因而蓄意破壞法治和人類道德的行為所發放的「虛偽」信息，真真假假，大家就只好靠自己的分析能力來辨別社會上的是與非，或者是像本人一樣般，買包花生米看好戲好了！

國家圖書館出版品預行編目資料

人生感言／許思庭、剛田武、鄭湯尼　合著.—初版.—
臺中市：天空數位圖書　2020.12
面：公分
ISBN：978-986-5575-06-9（平裝）

863.55　　　　　　　　　　　　　　109020778

書　　　　名：人生感言
發　行　人：蔡秀美
出　版　者：天空數位圖書有限公司
作　　　者：許思庭、剛田武、鄭湯尼
編　　　審：白雪
製　作　公　司：幸之助有限公司
版　面　編　輯：採編組
美　工　設　計：設計組
出　版　日　期：2020 年 12 月（初版）
銀　行　名　稱：合作金庫銀行南台中分行
銀　行　帳　戶：天空數位圖書有限公司
銀　行　帳　號：006-1070717811498
郵　政　帳　戶：天空數位圖書有限公司
劃　撥　帳　號：22670142
定　　　價：新台幣 260 元整
電子書發明專利第　Ｉ　306564　號

Family Sky

紙本書編輯印刷：
電子書編輯製作：
天空數位圖書公司　E-mail：familysky@familysky.com.tw　http://www.familysky.com.tw/
地址：40255台中市南區忠明南路787號30F國王大樓　Tel：04-22623893　Fax：04-22623863